«МАЛЫШ»

А
В
У
КАРАНДАШИ

Э. Успенский

Про Веру и Анфису

«Малыш»

SERTIFIKAT

ПЕРВЫЕ ИСТОРИИ

ОТКУДА АНФИСА ВЗЯЛАСЬ

В одном городе жила семья — папа, мама, девочка Вера и бабушка Лариса Леонидовна. Папа и мама были школьными учителями. А Лариса Леонидовна была директором школы, но на пенсии.

Ни в одной стране мира на одного ребёнка не приходится столько руководящих педагогических кадров! И девочка Вера должна была стать самой воспитанной в мире. Но она

была капризной и непослушной. То цыплёнка поймает и начнёт пеленать, то соседнего мальчика в песочнице совком треснет так, что совок приходится в ремонт относить.

Поэтому бабушка Лариса Леонидовна всегда была рядом с ней — на короткой дистанции в один метр. Как будто она телохранитель Президента Республики.

Папа часто говорил:

— Как я могу чужих детей учить математике, если я своего ребёнка воспитать не могу!

Бабушка заступалась:

— Это девочка сейчас капризная. Потому что маленькая. А вырастет, она не будет соседских мальчиков совком бить.

— Она их лопатой лупить начнёт, — спорил папа.

Однажды папа шёл мимо порта, где корабли стоят. И видит: один иностранный матрос что-то всем прохожим предлагает в прозрачном пакете. А прохожие смотрят, сомневаются, но брать не берут. Папа заинтересовался, поближе подошёл. Матрос ему на чистом английском языке говорит:

— Дорогой господин товарищ, возьмите вот эту живую обезьянку. Её у нас на корабле всё время укачивает. А когда её укачивает, она всегда что-нибудь отвинчивает.

— А сколько надо будет за неё заплатить? — спросил папа.

— Нисколько не надо. Наоборот, я вам ещё и страховой полис дам. Эта обезьянка застрахована. Если с ней что-нибудь случится: заболеет или потеряется, — вам страховая компания за неё целую тысячу долларов заплатит.

Папа с удовольствием взял обезьянку и дал матросу свою визитную карточку. На ней было написано:

«Матвеев Владимир Фёдорович — учитель.

Город Плёс-на-Волге».

А матрос ему свою визитную карточку дал. На ней было написано:

«Боб Смит — матрос. Америка».

Они обнялись, похлопали друг друга по плечу и договорились переписываться.

Папа пришёл домой, а Веры и бабушки нет. Они в песочнице во дворе играли. Папа обезьянку оставил и за ними побежал. Привёл их домой и говорит:

— Смотрите, какой я для вас сюрприз приготовил.

Бабушка удивляется:

— Если вся мебель в квартире вверх ногами, это сюрприз?

И точно: все табуретки, все столы и даже телевизор — всё в квартире вверх ногами поставлено. А на

люстре обезьянка висит и электрические лампочки облизывает.

Вера как закричит:

— Ой, кис-кис, ко мне!

Обезьянка к ней сразу же спрыгнула. Они обнялись, как две дурочки, головы друг другу на плечо положили и замерли от счастья.

— А как её зовут? — спросила бабушка.

— Не знаю, — говорит папа. — Капа, Тяпа, Жучка!

— Жучками только собак называют, — говорит бабушка.

— Пусть будет Мурка, — говорит папа. — Или Зорька.

— Тоже мне, кошку нашли, — спорит бабушка. — А Зорьками только коров зовут.

— Тогда я не знаю, — растерялся папа. — Тогда давайте думать.

— А чего тут думать! — говорит бабушка. — У нас в Егорьевске была одна заведующая РОНО — вылитая эта обезьянка. Звали её Анфисой.

И назвали обезьянку Анфисой в честь одной заведующей из Егорьевска. И это имя к обезьянке сразу приклеилось.

Тем временем Вера и Анфиса друг от друга отлипли и, взявшись за руки, пошли в комнату девочки Веры всё там смотреть. Вера ей стала куклы свои показывать и велосипеды.

Бабушка в комнату заглянула. Видит — Вера ходит, большую куклу Лялю укачивает. А за ней по пятам Анфиса ходит и большой грузовик качает.

Анфиса вся такая нарядная и гордая. На ней шапочка с помпоном, маечка на полпузика и на ногах резиновые сапожки.

Бабушка говорит:

— Пошли, Анфиса, тебя кормить.

Папа спрашивает:

— А чем? Ведь у нас в городе благосостояние растёт, а бананы не растут.

— Какие там бананы! — говорит бабушка. — Сейчас мы картофельный эксперимент проведём.

Она положила на стол колбасу, хлеб, варёную картошку, селёдку, селёдочные очистки в бумажке и варёное яйцо в скорлупе. Посадила Анфису в высокий стул на колёсиках и говорит:

— На старт! Внимание! Марш!

Обезьянка как начнёт есть! Сначала колбасу, потом хлеб, потом варёную картошку, потом сырую, потом селёдочные очистки в бумажке, потом варёное яйцо в скорлупе прямо со скорлупой.

Не успели оглянуться, как Анфиса с яйцом во рту заснула на стуле.

Папа её из стула достал и на диван перед телевизором посадил. Тут и мама пришла. Мама пришла и сразу сказала:

— А я знаю. К нам подполковник Готовкин заходил. Это он принёс.

Подполковник Готовкин был не военный подполковник, а милицейский. Он очень любил детей и всегда им дарил большие игрушки.

— Какая прелестная обезьянка! Наконец-то научились делать.

Она взяла обезьянку в руки:

— Ой, такая тяжёлая. А что она умеет?

— Всё, — сказал папа.

— Глаза открывает? «Мама» говорит?

Обезьянка проснулась, как маму обнимет! Мама как закричит:

— Ой, она живая! Откуда она?

Все вокруг мамы собрались, и папа объяснил, откуда обезьянка и как её зовут.

— Какой она породы? — спрашивает мама. — Какие у неё документы?

Папа визитную карточку показал:

«Боб Смит — матрос. Америка»

— Слава богу, хоть не уличная! — сказала мама. — А что она ест?

— Всё, — сказала бабушка. — Даже бумагу с очистками.

— А умеет ли она пользоваться горшком?

Бабушка говорит:

BOB
SMEET
SAYLOR

— Надо попробовать. Давайте проведём горшковый эксперимент.

Дали Анфисе горшок, она его немедленно на голову надела и стала похожа на колонизатора.

— Караул! — говорит мама. — Это катастрофа!

— Подождите, — возражает бабушка. — Мы ей второй горшок дадим.

Дали Анфисе второй горшок. И она сразу догадалась, что с ним надо делать. И тогда все поняли, что Анфиса будет у них жить!

ПЕРВЫЙ РАЗ В ДЕТСКИЙ САД

Утром обычно папа отводил Веру в детский сад в коллектив к детям. А сам отправлялся на работу. Бабушка Лариса Леонидовна шла в соседний ЖЭК. Кружком кройки и шитья руководить. Мама в школу уходила учительствовать. Куда Анфису девать?

— Как куда? — решил папа. — Пусть тоже в детский сад идёт.

У входа в младшую группу стояла старшая воспитательница Елизавета Николаевна. Папа ей сказал:

— А у нас прибавление!

Елизавета Николаевна обрадовалась и говорит:

— Ребята, какая радость, у нашей Веры родился братик.

— Это не братик, — сказал папа.

— Дорогие ребята, у Веры в семье сестричка родилась!

— Это не сестричка, — снова сказал папа.

А Анфиса к Елизавете Николаевне мордочкой повернулась. Воспитательница совсем растерялась:

— Какая радость! У Веры в семье родился негритёнок.

— Да нет же! — говорит папа. — Это не негритёнок.

— Это обезьянка! — говорит Вера.

И все ребята закричали:

— Обезьянка! Обезьянка! Иди сюда!

— Можно ей побыть в детском саду? — спрашивает папа.

— В живом уголке?

— Нет. Вместе с ребятами.

— Это не положено, — говорит воспитательница. — Может быть, ваша обезьянка на люстрах висит? Или всех колотит половником? А может, она любит цветочные горшки по комнате рассыпать?

— А вы её на цепочку посадите, — предложил папа.

— Ни за что! — ответила Елизавета Николаевна. — Это так непедагогично!

И решили они так. Папа оставит Анфису в детском саду, но будет через каждый час звонить — спрашивать, как дела. Если Анфиса начнёт горшками бросаться или с половником за директором бегать, папа её сразу заберёт. А если Анфиса будет себя хорошо вести, спать, как все дети, тогда её навсегда оставят в детском саду. Возьмут в младшую группу.

КАРАНДАШИ

И папа ушёл.

Дети окружили Анфису и стали ей всё давать. Наташа Грищенкова дала яблоко. Боря Голдовский — машинку. Виталик Елисеев дал ей зайца одноухого. А Таня Федосова — книжку про овощи.

Анфиса всё это брала. Сначала одной ладошкой, потом второй, потом третьей, потом четвёртой. Так как стоять она уже не могла, она легла на спину и по очереди стала свои сокровища в рот засовывать.

Елизавета Николаевна зовёт:

— Дети, за стол!

Дети сели завтракать, а обезьянка осталась на полу лежать. И плакать. Тогда воспитательница её за свой стол посадила. Так как лапы у Анфисы были подарками заняты, пришлось Елизавете Николаевне её с ложечки кормить.

Наконец дети позавтракали. И Елизавета Николаевна сказала:

— Сегодня у нас большой медицинский день. Я буду учить вас чистить зубы и одежду, пользоваться мылом и полотенцем. Пусть каждый возьмёт в руки учебную зубную щётку и тюбик с пастой.

Ребята разобрали щётки и тюбики. Елизавета Николаевна продолжала:

— Взяли тюбики в левую руку, а щётку в правую. Грищенкова, Грищенкова, не надо зубной щёткой сметать крошки со стола.

Анфисе не хватило ни учебной зубной щётки, ни учебного тюбика. Потому что Анфиса была лишняя, незапланированная. Она увидела, что у всех ребят есть такие интересные палочки со щетиной и такие белые бананчики, из которых белые червячки вылезают, а у неё нет, и захныкала.

— Не плачь, Анфиса, — сказала Елизавета Николаевна. — Вот тебе учебная банка с зубным порошком. Вот тебе щётка, учись.

Она начала урок.

— Итак, выдавили пасту на щётку и стали чистить зубы. Вот так — сверху вниз. Маруся Петрова, правильно. Виталик Елисеев, правильно. Вера, правильно. Анфиса, Анфиса, ты что делаешь? Кто тебе сказал, что зубы надо чистить на люстре? Анфи-

са, не посыпай нас зубным порошком! А ну-ка, иди сюда!

Анфиса послушно слезла, и её привязали полотенцем к стулу, чтобы она успокоилась.

— Теперь переходим ко второму упражнению, — сказала Елизавета Николаевна. — К чистке одежды. Возьмите в руки одёжные щётки. Порошком вас уже посыпали.

Тем временем Анфиса раскачалась на стуле, упала вместе с ним на пол и побежала на четырёх лапках со стулом на спине. Потом влезла на шкаф и там села, как царь на троне.

Елизавета Николаевна говорит ребятам:

— Смотрите, у нас царица Анфиса Первая появилась. На троне сидит. Придётся нам её заякорить. Ну-ка, Наташа Грищенкова, принеси мне из гладильной самый большой утюг.

Наташа принесла утюг. Он был такой тяжёлый, что она по дороге два раза упала. И проводом от электричества Анфису к утюгу привязали. Её скакательность и бегательность сразу резко упали. Она стала ковылять по комнате, как старушка столетней давности или как английский пират с ядром на ноге в испанском плену в средние века.

Тут телефон зазвонил, папа спрашивает:

— Елизавета Николаевна, как там мой зверинец, хорошо себя ведёт?

— Пока терпимо, — говорит Елизавета Николаевна, — мы её к утюгу приковали.

— Утюг электрический?

— Электрический.

— Как бы она его в сеть не включила, — сказал папа. — Ведь пожар будет!

Елизавета Николаевна трубку бросила и скорее к утюгу.

И вовремя. Анфиса его в самом деле в розетку вставила и смотрит, как из ковра дым идёт.

— Вера, — говорит Елизавета Николаевна, — что же ты за своей сестрёнкой не следишь?

— Елизавета Николаевна, — говорит Вера, — мы все за ней следим.

И я, и Наташа, и Виталик Елисеев. Мы даже за лапы её держали. А она ногой утюг включила. Мы и не заметили.

Елизавета Николаевна вилку от утюга лейкопластырем забинтовала, теперь её никуда не включишь. И говорит:

— Вот что, дети, сейчас старшая группа на пение пошла. Значит, бассейн освободился. И мы с вами туда пойдём.

— Ура! — закричали малыши и побежали купальники хватать.

Они пошли в комнату с бассейном. Они пошли, а Анфиса плачет и к ним руки тянет. Ей никак с утюгом ходить нельзя.

Тогда Вера и Наташа Грищенкова ей помогли. Они вдвоём утюг взяли и понесли. А Анфиса рядом побежала.

В комнате, где бассейн, было лучше всего. Там цветы росли в кадках. Везде лежали спасательные круги и крокодилы. И окна были до самого потолка.

Все дети как начали в воду прыгать, только водяной дым пошёл.

Анфиса тоже в воду захотела. Она к краю бассейна подошла и как свалится вниз! Только она до воды не долетела. Её утюг не пустил. Он на полу лежал, и провод до воды не доставал. И Анфиса около стенки болтается. Болтается и плачет.

— Ой, Анфиса, я тебе помогу, — сказала Вера и с трудом утюг с края бассейна сбросила.

Утюг на дно ушёл и Анфису утащил.

— Ой, — кричит Вера, — Елизавета Николаевна, Анфиса не выныривает! Её утюг не пускает!

— Караул! — кричит Елизавета Николаевна. — Ныряем!

Она как была в белом халате и в шлёпанцах, так с разбегу в бассейн и прыгнула. Вытащила сначала утюг, потом Анфису.

И говорит:

— Эта меховая дурочка меня измучила, будто я три вагона угля лопатой разгрузила.

Она завернула Анфису в простыню и всех ребят из бассейна достала.

— Всё, хватит плавания! Сейчас мы все вместе пойдём в музыкальную комнату и будем петь «Теперь я Чебурашка».

Ребята быстро оделись, а Анфиса так мокрая в простыне и сидела.

Пришли в музыкальную комнату. Дети встали на длинную лавочку. Елизавета Николаевна села на музыкальную табуретку. А Анфису, всю спелёнутую, посадили на край рояля, пусть сохнет.

И Елизавета Николаевна начала играть:

Я был когда-то странной
Игрушкой безымянной...

И вдруг послышалось — БЛЯМ!

Елизавета Николаевна удивлённо посмотрела по сторонам. Она это БЛЯМ не играла. Она снова начала: «Я был когда-то странной игрушкой безымянной, к которой в магазине...»

И вдруг снова БЛЯМ!

«В чём дело? — думает Елизавета Николаевна. — Может быть, в роя-

ле мышка поселилась? И по струнам стучит?»

Елизавета Николаевна крышку подняла и в пустой рояль полчаса смотрела. Никакой мышки. Она снова начала играть: «Я был когда-то странной...»

И снова — БЛЯМ, БЛЯМ!

— Ничего себе! — говорит Елизавета Николаевна. — Уже два БЛЯМа получилось. Ребята, вы не знаете, в чём дело?

Ребята не знали. А это Анфиса, завёрнутая в простыню, мешала. Она незаметно ножку высунет, сделает БЛЯМ по клавишам и ножку снова в простыню вдёрнет.

Вот что получилось:

Я был когда-то странной
БЛЯМ!
Игрушкой безымянной,
БЛЯМ! БЛЯМ!
К которой в магазине
БЛЯМ!
Никто не подойдёт,
БЛЯМ! БЛЯМ! БУХ!

БУХ получилось потому, что Анфиса довертелась и с рояля рухнула. И все сразу поняли, откуда эти БЛЯМ-БЛЯМы сыпались.

После этого в жизни детского сада наступило некоторое затишье. То ли Анфиска устала капризничать, то ли за ней очень внимательно все смотрели, но за обедом она ничего не выкинула. Если не считать, что она тремя ложками суп ела. Потом спала тихо вместе со всеми. Правда, спала на шкафу. Но с простынёй и подушкой, всё как положено. Никаких горшков с цветами по комнате не рассыпала и со стулом за директором не бегала.

Елизавета Николаевна даже успокоилась. Только рано. Потому что после полдника было художественное вырезание. Елизавета Николаевна сказала ребятам:

— А сейчас все мы дружно возьмём ножницы и будем из картона вырезать воротнички и шапочки.

Ребята пошли дружно брать картон и ножницы со стола. Анфисе ни картона, ни ножниц не хватило. Ведь

Анфиса как была незапланированная, так незапланированной и осталась.

— Мы берём картон и вырезаем кружочек. Вот так. — Елизавета Николаевна показала.

И все ребята, высунув языки, стали вырезать кружочки. У них получались не только кружочки, но и квадратики, треугольнички и ромбики.

— А где мои ножницы?! — закричала Елизавета Николаевна. — Анфиса, покажи мне свои ладошки!

Анфиса с удовольствием показала чёрные ладошки, в которых ничего не было. А задние лапы спрятала за спину. Ножницы, конечно же, были там. И пока ребята вырезали свои кружочки и козырёчки, Анфиса тоже вырезала дырочки из подручного материала.

Все так увлеклись шапочками и воротничками, что не заметили, как час прошёл и родители стали приходить.

Забрали Наташу Грищенкову, Виталика Елисеева, Борю Голдовского. И вот папа Веры пришёл, Владимир Фёдорович.

— Как тут мои?

— Хорошо, — говорит Елизавета Николаевна. — И Вера, и Анфиса.

— Неужели Анфиса ничего не натворила?

— Как не натворила? Натворила, конечно. Всех зубным порошком посыпала. Чуть пожар не устроила. В бассейн с утюгом прыгнула. На люстре качалась.

— Значит, не берёте её?

— Почему не берём? Берём! — сказала воспитательница. — Вот сей-

час мы кружочки режем, а она никому не мешает.

Она встала, и все увидели, что её юбка в кружочках. И её длинные ноги изо всех кружочков сверкают.

— Ах! — сказала Елизавета Николаевна и даже присела.

А папа взял Анфису и отобрал у неё ножницы. Они у неё в задних лапах были.

— Эх ты, чучело! — сказал он. — Сама своё счастье испортила. Придётся дома сидеть.

— Не придётся, — сказала Елизавета Николаевна. — Мы берём её в детский сад.

И ребята запрыгали, заскакали, заобнимались. Так они Анфису полюбили.

— Только обязательно принесите справку от врача! — сказала воспитательница. — Без справки в детский сад ни один ребёнок не пройдёт.

КАК ВЕРА И АНФИСА В ПОЛИКЛИНИКУ ХОДИЛИ

Пока у Анфисы справки от врача не было, её в детский сад не брали. Она дома оставалась. И Вера с ней вместе дома сидела. И конечно, с ними сидела бабушка.

Правда, бабушка не столько сидела, сколько по хозяйству бегала. То в булочную, то в гастроном за колбасой, то в рыбный магазин за селёдочными очистками. Анфиса эти очистки больше всякой селёдки любила.

И вот суббота наступила. Папа Владимир Фёдорович в школу не пошёл. Он взял Веру и Анфису и в поликлинику с ними отправился. Справку получать.

Веру он за руку вёл, а Анфису для маскировки решил в коляску посадить. Чтобы детское население со всех микрорайонов не сбегалось.

Если кто-то из ребят замечал Анфиску, то за ней очередь выстраивалась, как за апельсинами. Уж больно ребята в городе любили Анфиску. Но она тоже времени даром не теряла. Пока ребята вокруг неё крутились, брали её на руки, передавали друг другу, она к ним в карманы лапки засовывала и всё оттуда вытаскивала. Передними лапками ребёнка обнимет, а задними у ребёнка карманчики чистит. И все вещички она в защёчных мешках прятала. Дома у неё изо рта вынимали ластики, значки, карандашики, ключи, зажигалки, жвачки, монетки, соски, брелки, патроны и перочинные ножички.

Вот они к поликлинике подошли. Вошли внутрь, в вестибюль. Вокруг всё белое и стеклянное. На стенке висит весёлая история в стеклянных рамочках: что с одним мальчиком было, когда он ядовитые грибы съел.

И другая история — про дяденьку, который сам себя лечил народными средствами: сушёными пауками, примочками из свежей крапивы и грелкой из электрического чайника.

Вера говорит:

— Ой, какой дяденька смешной! Сам больной, а курит.

Папа ей объяснил:

— Это он не курит. Это у него под одеялом грелка вскипела.

Вдруг папа закричал:

— Анфиса, Анфиса! Не облизывай плакаты! Анфиса, зачем ты в урну засунулась?! Вера, возьми веник и подмети, пожалуйста, Анфису.

У окна в кадке огромная пальма стояла. Анфиса как её увидела, так к ней и бросилась. Обняла пальму и в кадку встала. Папа пробовал её увести — ни за что!

— Анфиса, отпусти, пожалуйста, пальму! — строго говорит папа.

Анфиса не отпускает.

— Анфиса, Анфиса! — ещё строже говорит папа. — Отпусти, пожалуйста, папу.

Анфиса и папу не отпускает. А руки у неё — как будто тиски из железа. Тут на шум пришёл врач из соседнего кабинета.

— В чём дело? А ну-ка, обезьянка, отпусти дерево!

Но обезьянка дерево не отпускает. Врач попытался её отцепить — и сам прилип. Папа ещё строже говорит:

— Анфиса, Анфиса, отпусти, пожалуйста, папу, отпусти, пожалуйста, пальму, отпусти, пожалуйста, врача.

Ничего не получается. Тут главный врач пришёл.

— В чём тут дело? Почему хоровод вокруг пальмы? У нас что — пальмовый Новый год? Ах, здесь обезьянка всех держит! Сейчас мы её отцепим.

После этого папа уже так заговорил:

— Анфиса, Анфиса, отпусти, пожалуйста, папу, отпусти пальму, отпусти, пожалуйста, врача, отпусти, пожалуйста, главного врача.

СПРАВКА

Вера взяла и Анфису пощекотала. Тогда она всех отпустила, кроме пальмы. Она пальму всеми четырьмя лапами обняла, щекой к ней прижалась и плачет.

Главный врач сказал:

— Я недавно в Африке был по культурному обмену. Там много пальм видел и обезьянок. Там на каждой пальме обезьянка сидит. Они друг к другу привыкли. А ёлок там совсем нет. И белок.

Простой врач спросил папу:

— Зачем вы к нам обезьянку привели? Она заболела?

— Нет, — говорит папа. — Ей справка нужна в детский сад. Её надо исследовать.

— Как же мы её будем исследовать, — говорит простой врач, — если она от пальмы не отходит?

— Так и будем исследовать, не отходя от пальмы, — сказал главный врач. — Зовите сюда главных специалистов и заведующих отделениями.

И скоро к пальме все врачи подошли: и терапевт, и хирург, и ухо-горло-нос. Сначала у Анфисы кровь взяли на анализ. Она себя очень смело вела. Спокойно дала палец и смотрела, как у неё через стеклянную трубочку кровь из пальца берут.

Потом её врач-педиатр слушал через резиновые трубочки. Он сказал, что Анфиса здорова, как маленький паровозик.

Дальше надо было Анфису на рентген вести. Но как её поведёшь, если её от пальмы не оторвать? Тогда папа и врач из рентгеновского кабинета Анфису вместе с пальмой в кабинет принесли. Поставили её вместе с пальмой под аппарат, и врач говорит:

— Дышите. Не дышите.

Только Анфиса не понимает. Она, наоборот, дышит, как насос. Очень врач с ней намучился. Потом как закричит:

— Батюшки, да у неё гвоздь в животе!!! И ещё один! И ещё! Вы что, её гвоздями кормите?!

Папа отвечает:

— Не кормим мы её гвоздями. И сами не едим.

«Откуда же у неё гвозди? — думает рентгеновский врач. — И как их из неё достать?»

Потом он решил:

— А давайте дадим ей магнит на

верёвочке. Гвозди к магниту прилипнут, и мы их вытащим.

— Нет, — говорит папа. — Не будем мы ей магнит давать. Она с гвоздями живёт — и ничего. А если она магнит проглотит, неизвестно ещё, что из этого выйдет.

В это время Анфиса вдруг по пальме вверх полезла. Она вверх полезла какую-то штучку блестящую крутить, а гвозди на месте остались. И тогда врач понял:

— Это же гвозди не в Анфисе, а в пальме были. На них нянечка свой халат вешала и ведро по ночам. — Он говорит: — Слава богу, ваш паровозик здоров!

После этого Анфису с пальмой снова в холл принесли. И все врачи на консилиум собрались. Они решили, что Анфиса очень здорова и что ей можно в детский сад ходить.

Главный врач прямо около кадки ей справку написал и говорит:

— Вот и всё. Можете идти.

А папа отвечает:

— Не можем. Потому что нашу Анфису от вашей пальмы можно только бульдозером оторвать.

— Как же быть? — говорит главный врач.

— Не знаю, — говорит папа. — Придётся или нам с Анфисой, или вам с пальмой расставаться.

Врачи все вместе встали в кружок, как команда КВН, и стали думать.

— Надо взять обезьянку — и всё тут! — сказал рентгеновский врач. — Она за сторожа будет ночью.

— Мы ей белый халат сошьём. И она будет нам помогать! — сказал врач-педиатр.

— Да, — заметил главный врач. — Она схватит у вас шприц с уколом, мы все будем за ней по всем лестницам и чердакам бегать. А потом она с этим шприцем на какого-нибудь папу с занавески свалится. А если она с этим шприцем в какой-нибудь класс забежит или детский сад, да ещё в белом халате!

— Если она в белом халате со шприцем просто по бульвару пройдётся, все наши старушки и прохожие вмиг на деревьях окажутся, — сказал папа. — Отдайте нашей обезьянке вашу пальму.

В это время бабушка Лариса Леонидовна в поликлинику пришла. Она ждала, ждала Веру и Анфису. Их не было. Она забеспокоилась. И сразу сказала главному врачу:

— Если вы обезьянку заберёте, я тоже у вас останусь. Я без Анфисы жить не могу.

— Вот и хорошо, — говорит главный врач. — Это всё решает. Нам как раз уборщица нужна. Вот вам авторучка, пишите заявление.

Только смотрит — авторучки нет.

— Ничего, — говорит он. — Я сейчас кабинет открою, у меня там есть ещё одна.

Только смотрит — ключа нет. Папа ему объясняет:

— Ничего вы не откроете, ваши ключики-авторучки давно уже у нашей обезьянки за щекой.

Он открыл Анфисе рот и привычным движением достал оттуда авторучку, ключ от кабинета главного врача, ключ от кабинета, где рентген стоит, круглую печать для справок, круглое зеркальце врача ухо-горло-носа и свою зажигалку.

Как врачи всё это увидели, они сказали:

— У нас своих неприятностей хватает, чтобы у нас ещё печати пропадали! Забирайте вашу обезьянку с нашей пальмой. Мы себе новую вырастим. У нас главный врач каждый год в Африку ездит по культурному обмену. Он семена привезёт.

Папа и врач-рентгенолог подняли пальму вместе с Анфисой и в коляску её установили. Так пальма в коляске и поехала.

Когда мама пальму увидела, она сказала:

— По моим ботаническим сведениям, эта пальма называется «нефролепис широколистный бархатный». И растёт она в основном весной по одному метру в месяц. Скоро она наверх прорастёт к соседям. И будет у нас нефролепис многоэтажный. Станет наша Анфиса по этой пальме по всем квартирам и этажам лазить. Садитесь обедать, селёдочные очистки давно на столе.

КАК ВЕРА И АНФИСА ЗАБЛУДИЛИСЬ

У папы и мамы Веры и у их бабушки была очень хорошая квартира — три комнаты и кухня. И бабушка всё время эти комнаты подметала. Она одну комнату подметёт, всё по местам расставит, а Вера с Анфисой уже в другой беспорядок наведут. Игрушки раскидают, мебель перевернут.

Хорошо было, когда Вера и Анфиса рисовали. Только у Анфисы привычка была — схватить карандаш и начать рисовать на потолке, сидя на люстре. У неё такие каляки получались — залюбуешься. После каждого сеанса хоть заново потолок бели. Поэтому бабушка со щёткой и зубной пастой после её уроков рисования со стремянки не слезала.

Тогда придумали карандаш для Анфисы на верёвочку привязывать к столу. Она очень быстро научилась верёвочку перекусывать. Верёвочку на цепочку заменили. Дело лучше пошло. Максимум вреда было в том, что Анфиса карандаш съедала и рот себе в разные цвета окрашивала: то в красный, то в зелёный, то в оранжевый. Как улыбнётся она такой разноцветной пастью, сразу кажется, что она не обезьянка, а инопланетянка.

Но всё равно Анфису все очень любили... Даже непонятно почему.

Однажды бабушка говорит:

— Вера и Анфиса, вы уже большие! Идите в булочную, купите хлеба — буханку чёрного и целый батон.

Вера очень обрадовалась, что ей дали такое важное поручение, и запрыгала от радости. Анфиса тоже запрыгала, потому что Вера запрыгала.

— У меня мелочь есть, — сказала бабушка. — Вот вам двадцать две копейки на батон и шестнадцать на буханку чёрного.

Вера батонные деньги взяла в одну руку, а буханочные в другую и пошла. Очень она боялась их перепутать.

В булочной Вера стала думать, какой батон взять — простой или с изюмом. А Анфиса сразу схватила два батона, а потом стала думать: «Ой, какие удобные! Кого бы ими треснуть по башке?»

Вера говорит:

— Нельзя хлеб руками трогать и размахивать им. Хлеб надо уважать. А ну, положи на место!

А Анфиса не помнит, где она их взяла. Вера сама тогда их на место положила и дальше думает, как ей быть: бабушка ей про изюм ничего не говорила.

Кассирша на секунду отошла. Тут Анфиса как прыгнет на её место, как начнёт всем чеки выдавать километрами.

Люди смотрят на неё и не узнают:

— Посмотрите, как наша Мария Ивановна высохла! До чего же у кассирш в торговле работа трудная!

Вера увидела Анфису за кассой и из магазина её срочно вывела:

— Не умеешь ты себя вести как человек. Посиди здесь наказанная.

И прицепила её лапку к поручню у витрины. А к этому поручню собака была привязана неизвестной породы.

Вернее, всех пород вместе. Анфиса и давай перед этой собакой выдрючиваться.

Из магазина кошка вышла. А собака всеми своими породами кошек терпеть не могла. Мало того, что кошка шла, да она ещё такая важная, будто она — директор магазина или начальник главка по торговле сосисками.

Она глаза прищурила и так на собаку посмотрела, будто это не собака была, а так, принадлежность какая, пенёк или чучело.

Собака не выдержала, за сердце схватилась от такой пренебрежительности и как рванёт за кошкой! Даже поручень от магазина оторвала. А за поручень Анфиса держалась, а за Анфису Вера ухватилась. И все они вместе бегут.

Вообще-то Вера с Анфисой никуда бежать не собирались, просто так вышло.

Вот мчится по улице процессия — впереди кошка, уже не такая прищуренная и важная, за ней собака всех пород, за ней поводок, потом поручень, за который Анфиса держится, а за Анфисой Вера бежит, еле поспевает со своими батонами в авоське.

Бежит Вера и боится своей авоськой какую-нибудь бабушку зацепить. Бабушку она не зацепила, а один школьник средних классов ей под горячую авоську попался.

И он тоже за ними побежал как-то боком, хотя никуда бежать не собирался.

Вдруг кошка увидела перед собой забор, а в заборе дырку для куриц. Кошка туда — юрк! Собака с поручнем за ней, а Вера с Анфисой в дырку не влезли, они о забор стукнулись и остановились.

Среднеклассник от них отцепился и, ворча что-то среднеклассное, ушёл уроки делать. А Вера и Анфиса одни остались посреди большого города.

Вера думает: «Хорошо, что у нас хлеб с собой. Мы сразу не погибнем».

И пошли они куда глаза глядят. А глаза у них глядели в основном на качели и разные плакаты на стенках.

Вот идут они себе, не торопятся, взявшись за руки, город рассматривают. А самим немного страшно: где дом? Где папа? Где мама? Где бабушка с обедом? Никому не известно. И Вера начинает немного поплакивать и повсхлипывать.

И тут к ним милиционер подошёл:

— Здравствуйте, юные граждане! Куда это вы идёте?

Вера ему отвечает:

— Мы идём во все стороны.

— А откуда вы идёте? — спрашивает милиционер.

— Мы идём из булочной, — говорит Вера, а Анфиса на батон в авоське показывает.

— Но вы хоть свой адрес знаете?

— Конечно, знаем.

— Какая ваша улица?

Вера задумалась, а потом говорит:

— Первомайская улица имени Первого мая на Октябрьском шоссе.

— Понятно, — говорит милиционер, — а дом какой?

— Кирпичный, — говорит Вера, — со всеми удобствами.

Милиционер задумался, а потом говорит:

— Я знаю, где ваш дом искать. Такие мягкие батоны только в одной булочной продают. В Филипповской. Это на Октябрьском шоссе. Пошли туда, а там видно будет.

Он взял свой радиопередатчик в руки и сказал:

— Алло, дежурный, я тут двух детей нашёл в городе. Поведу их домой. Я временно свою будку покину. Пришли кого-нибудь вместо меня.

Дежурный ему ответил:

— Не буду я никого присылать. У меня полдивизии на картошке. Никто твою будку не утащит. Пусть так постоит.

И пошли они по городу. Милиционер спрашивает:

— Ты, девочка, читать умеешь?

— Умею, — говорит Вера.

— Что здесь написано? — Он показал на один плакат на стене.

Вера прочитала:

— «Для младших школьников! Густоперчённый мальчик».

А этот мальчик был не густоперчённый, а гуттаперчевый, резиновый, значит.

— А ты не младшая школьница? — спросил милиционер.

— Нет, я в садик хожу. Я всадница. И Анфиса всадница.

Вдруг Вера закричала:

— Ой, это же наш дом! Мы уже давно пришли!

Они поднялись на третий этаж и встали у двери.

— Сколько раз звонить? — спрашивает милиционер.

— Мы до звонка не достаём, — говорит Вера. — Мы ногами стучим.

Милиционер ногами постучал. Бабушка выглянула и как испугается:

— Их уже арестовали! Что они такое натворили?

— Нет, бабуся, они ничего не натворили. Они заблудились. Получите и распишитесь. А я пошёл.

— Нет уж, нет уж! — сказала бабушка. — Какой невежливый! У меня суп на столе. Садитесь с нами есть. И чай пить.

Милиционер даже растерялся. Он был совсем новенький. Им в милицейской школе ничего об этом не рассказывали. Их учили, что с преступниками делать: как их брать, куда сдавать. А про суп и про чай с бабушками ничего не говорили.

Он всё-таки остался, и сидел как на иголках, и всё свою рацию слушал. А по рации всё время говорили:

— Внимание! Внимание! Всем постам! На Загородном шоссе автобус с пенсионерами съехал в кювет. Пришлите грузовик-тягач.

— Ещё внимание! Свободную машину просят подъехать на улицу писателя Чехова. Там две старушки несли чемодан и сели на проезжей части.

Бабушка говорит:

— Ой, какие у вас интересные радиопередачи. Интереснее, чем по телевизору и по «Маяку».

А радио опять сообщает:

— Внимание! Внимание! Внимание! Грузовик-тягач отменяется. Пенсионеры сами вытащили автобус из кювета. И с бабушками всё в порядке. Проходивший отряд школьников отнёс чемоданы и бабушек на вокзал. Всё в порядке.

Тут все вспомнили, что Анфисы давно нет. Глядят, а она перед зеркалом крутится, милицейскую фуражку примеряет.

В это время радио говорит:

— Милиционер Матвеенко! Чем вы заняты? Вы на посту?

Наш милиционер вытянулся и говорит:

— Я всегда на посту! Сейчас второе доем и к своей будке направляюсь.

— Второе будете дома доедать! — сказал ему дежурный. — Немедленно возвращайтесь на пост. Сейчас мимо американская делегация поедет. Надо им дать зелёную улицу.

— Намёк понял! — сказал наш милиционер.

— Это не намёк! Это приказ! — сурово ответил дежурный.

И милиционер Матвеенко пошёл на свой пост.

С тех пор Вера свой адрес наизусть выучила: «Первомайский переулок, дом 8. Рядом с Октябрьским шоссе».

НОВЫЕ ИСТОРИИ

КАК ВЕРА И АНФИСА МАКУЛАТУРУ СОБИРАЛИ

Вера и Анфиса подружки. Вера — это девочка, Анфиса — это обезьянка. Они живут у папы с мамой, и от них происходит много хлопот.

Папу зовут Владимир Фёдорович Матвеев.

Маму — Наталья Алексеевна.

Ещё есть бабушка — Лариса Леонидовна.

Вера спокойная, выдержанная девочка. У неё есть своя комната. Анфиса всё время скачет и чем-нибудь занимается, хотя об этом её никто не просит. Она умеет открывать холодильник и всё оттуда доставать. А класть на место не умеет. Или забывает.

Поэтому Вера всегда наблюдает за Анфисой, чтобы Анфиса квартиру не затопила и в холодильнике не закрылась.

Но в общем, они хорошо и спокойно жили.

Вера и Анфиса всегда маме и бабушке помогали. Особенно они любили подметать. Вера на полу подметала, а Анфиса на шкафах и полках. Конечно, после их подметания бабушка два часа пылесосила, но, по крайней мере, два часа их не было видно и слышно.

Мама Веры была школьная учительница. Однажды утром мама сказала:

— Дети и звери! Вы такие помощницы, что не знаешь, куда от вас деваться. Сегодня пойдёте с папой в школу, будете с ребятами макулатуру собирать. А я дома останусь отдыхать на кухне вместе с бабушкой.

Дети и звери от радости обниматься стали. Они даже в клубок сплелись. Еле-еле детей от зверей отлепили.

Папа взял их за руки и повёл в школу. Потому что папа Веры тоже был школьным учителем.

Папа дал им в руки сетки-плетёнки, чтобы они туда старую макулатуру собирали. Только Анфиса в этой сетке сразу сама запуталась. У неё был такой талант — во всём запутываться. И папа её в этой сетке так и нёс, как картошку в авоське.

Хорошо, что Вера никогда не запутывалась, а то бы бедному папе совсем плохо было.

Так они и шли по осеннему городу — авосечная Анфиска и свободная Вера.

И что интересно, авосечная Анфиска из своей авоськи сумела руку протянуть и у папы из кармана зажигалку свистнула и сигареты.

Она даже закурить пыталась, но Вера заметила и зажигалку у неё забрала. Сигареты Анфиса не отдала, она их съела.

И вот они в школу пришли. Семиклассники из седьмого «Б», как увидели Веру и Анфису, сразу обрадовались:

— Ура! Мы из них запасную ударную бригаду сделаем. Пусть бумагу охраняют, чтобы седьмой «А» нашу бумагу не утащил!

К сожалению, такой способ увеличивать запасы бумаги у наших школьников ещё существует. Поэтому Вере и Анфисе дали важное поручение.

Вера стала бумагу снаружи охранять, а Анфиса изнутри. Она в эту кучу залезла и там заснула. А тут ещё дождик пошёл. Вера тоже стала бумагу изнутри сторожить. Тоже забралась в середину и тоже заснула.

Пришли ребята из 7-го «Б» и ужасно расстроились:

— Ой, вся бумага у нас промокла! Теперь она пропадёт. Давайте её сушить.

Ребята стали бумагу расправлять и везде развешивать. Они вешали её на забор, на волейбольную сетку, на деревья. Но скоро развешивательные места — заборы, верёвки — кончились.

И тут ребятам очень Анфиса помогла.

Она стала газеты и плакаты старые на балконах развешивать, на деревьях, на телевизионных антеннах, на телефонных проводах. Ведь она ловкая была и залезательная.

Очень скоро вся бумага высохла. И её снова в кучу сложили. Куча получилась огромная, она всё время

норовила разбежаться, но никто за бумагой не приезжал.

Папа спросил у ребят:

— Почему, ребята, вы бумагу не вывозите? Вы же автодело изучаете. И грузовик в школе есть.

— Да, — говорят ребята, — мы автодело изучаем, и грузовик у нас есть. Только мы автодело по плакатам изучаем. Завхоз Антонов нам грузовик не доверяет.

Они сквозь окно показали папе свой автокласс. Там по всем стенкам плакаты висели. Анфиса подумала: «Зачем ребята по всему городу бумагу ищут? Вон её сколько за этой форточкой».

Когда папа с ребятами отошли бумагу упаковывать, она в форточку залезла и стала все плакаты в окно выбрасывать. А Вера их в комок скатывала. Очень большой комок получился.

Вера и Анфиса этот комок подняли и вдвоём понесли. Из них двоих отличная скульптура получилась «Дети держат земной шар». Хорошо, что никто не видел, как они эту скульптуру создавали. А то бы им сильно влетело за плакаты.

Ребята увидели, как много бумаги у них стало, и начали Анфису хвалить:

— Вот какая продуктивная обезьянка!

Анфиса от застенчивости снова в кучу залезла и стала бумагу изнутри сторожить. И тут такой случай произошёл. Один мальчик большую трубу принёс водопроводную. Он взял и в кучу её бросил.

— Для веса! — говорит. — Это очень тяжёлая труба. Мы сразу первое место займём!

Но внутри-то бумаги Анфиса была. Она с этой трубой наперевес из кучи как выскочит! Мол: «Ура! Спасайся, кто может!»

Мальчик испугался и больше не жульничал.

А по бумаге седьмой «Б» занял первое место.

На другой день папа пришёл в школу учить детей. У входа, ещё

у калитки, его завхоз Антонов встретил:

— Вы знаете, какой ужас!

— Какой?

— Кто-то все плакаты по автоделу украл.

— А в чём ужас-то?

— В том, что мы автодело по плакатам изучали. Теперь придётся на практике изучать. И автодело, и автовождение. А мне жалко это дело на грузовике изучать, грузовик-то изнашивается.

— Да, это верно, — согласился папа, — а плакаты не изнашиваются. Но ничего не поделаешь. Придётся теперь вам свой автосарай открывать.

— Придётся, — грустно сказал завхоз Антонов и пошёл свой автосарай открывать.

В сарае грузовик стоял совсем новенький, весь в масле, ненадёванный. Его завели, проверили и всю макулатуру со школьного двора на нём вывезли. Те самые дети вывезли, которые автодело по плакатам изучали.

Правда, родители тоже их немного обучали на своих машинах. И многие уже имели некоторый опыт. (Но об этом мы говорить не будем, потому что без инструктора детям машины доверять нельзя. И родители нарушают.)

Дети жутко счастливы были, что им настоящий грузовик доверили. Вот как Вера и Анфиса им помогли.

КАК ВЕРА И АНФИСА ХОДИЛИ В ЗООПАРК

Вера была девочка-дошкольница. Она в школу только собиралась. Анфиса была обезьянка. Ей в школу и не надо было. Она всё уже знала.

Она знала, как холодильник открыть, как на шкафу подметать, как мамиными духами душиться и как папино пиво пить, а потом плеваться.

Однажды в воскресенье папа сказал маме:

— Вот что, я беру Веру, и мы идём в зоопарк.

— И хорошо! — обрадовалась мама. — По дороге купишь хлеба батон и макарон полкило.

Папа даже засмеялся:

— Как только я из дома выхожу, ты меня чем-то нагружаешь. Стоит мне сказать: «Я еду на Северный полюс», ты сразу же говоришь: «Вот и хорошо, купи нам арбуз по дороге и сухой корм для рыбок».

— Арбуз и корм для рыбок не надо, и макароны не надо, — смилостивилась мама, — а вот батон и чёрный хлеб нужны. У нас на обед ничего нету.

Папа стал собираться, а мама взялась картошку чистить. Анфиса решила ей помогать. Она стала картошку в разные интересные места прятать: в люстру, в аквариум, в чайник.

Мама тогда в форточку высунулась и кричит папе, пока он не ушёл:

— Ты, папа, и Анфису возьми. Она мне шагу ступить не даёт.

«Вот! — подумал папа. — В зоопарк со своим зоопарком иду».

Потом он понял, что всё правильно делает. Анфиса везде была — и в детском саду, и в поликлинике, и в школе, — а вот в зоопарке она не была.

Папа захотел показать ей, в каких спартанских условиях живут другие обезьяны. Он подумал, если Анфиса увидит, насколько хуже жилищные условия в зоопарке, она сразу переменится и не будет мебель разбрасывать и по шторам с грязными лапами лазить.

Он вернулся, взял Анфису и на шею посадил вместо воротника.

До зоопарка они ехали в автобусе. Папа два билета взял — на себя и на Веру. На Анфису брать не стал. Тут контролёр входит:

— Ваши билеты.

— Вот, — показывает папа.

— А что это у вас на шее?

— Ничего особенного, воротник меховой.

Контролёр успокоился и хотел дальше пойти билеты проверять. Но тут обезьянка ему язык показала.

Контролёр обиделся:

— Я при обязанностях, а мне тут язык показывают.

Но люди за обезьянку заступились:

— Это она с вами заигрывает.

— Она маленькая, мало места занимает.

— Маленькая, не маленькая, а билет ей надо покупать. На первый раз я вас прощаю, — сказал контролёр, — а на второй штрафовать буду.

В зоопарке было весело и интересно. Дети ходили нарядные, с шариками и вертушками. Мамы тоже были нарядными, а папы так себе, как всегда.

Папа всё Вере и Анфисе объяснял:

— Смотрите, дети. Это слоны. Только к ним не подойти, все к слонам идут. Отойдём в сторонку, здесь тоже есть интересные животные. Например, козы.

Они подошли к вольеру, где были милые, рогатые, пушистые козы. Папа сказал:

— Если им дать волю, он смогут съесть всё: Англию, Францию, Украину и станцию Кратово.

— Почему? — удивилась Вера.

— Потому что они едят траву с корнями. И после них получается пустыня. Коровы в этом смысле удобнее.

Верин папа Владимир Фёдорович всё знал. Он, как нормальный учитель, на пяти ставках работал и преподавал всё — и математику, и географию, и зоологию, и английский.

Но больше всего он зоологию любил.

— Это бобры, — объяснял он дальше. — Это такие звери, после которых всё расцветает. Они строят плотины и задерживают воду. Они умеют строить домики. Есть даже такая загадка: «Живут в хатках при малых бобрятках!» Кто это?

— Бобры, — догадалась Вера.

После этого папа повёл Веру и Анфису к обезьяннику. В обезьstriking обезьяннике было тепло и плохо пахло. Конечно, там была вкусная еда — бананы всякие, висели шины на цепях, чтоб кататься, но никаких штор и холодильников там не было.

В самой первой клетке большая горилла размещалась. Вернее, большой горилл. Он так важно висел на одной руке на автомобильной шине, что можно было подумать, что он очень большой начальник. Анфиске он не понравился. Она сразу к папе

за пазуху залезла и долго не высовывалась. Зато когда к клетке с маленькими обезьянками перешли, она сразу ожила. И стала по решётке вверх и вниз бегать.

Обезьянка-мама, как её увидела, стала своих детей пересчитывать, не её ли ребёнок снаружи оказался.

— Видишь, Анфиса, — сказал папа. — Если ты будешь с половником за мухами гоняться, если ты будешь на дверях ездить и скрипеть, если ты будешь на зеркале помадой крестики рисовать, я тебя сюда на исправление отдам.

Анфиска всё поняла и сразу лапку в вольер засунула, чтобы банан украсть. Папа банан у неё отнял и зоопарковым обезьянкам вернул.

Анфиса всё бегает вдоль клетки обезьянника то вверх, то вниз, то в любую сторону. Один серьёзный толстый мальчик с бубликом говорит:

— Ой, смотрите, одна мартышка из клетки убежала. Давайте её ловить и обратно в клетку запихивать.

Папа про себя подумал: «Тебя самого надо ловить и в клетку запихивать. Ишь какой запихиватель нашёлся!»

Он Анфиску на руки взял и скорее вместе с Верой ушёл.

Когда Вера и Анфиса из обезьянника вышли, они надпись прочитали:

КАТАНИЕ НА ОСЛИКАХ

И они закричали:

— Ой, кататься хотим! Ой, кататься хотим!

Конечно, кричала одна Вера, Анфиса просто так прыгала.

Нет, они не прочитали надпись, они читать ещё плохо умели. Просто там была картинка нарисована: ослик и тележка. Поэтому они всё поняли и закричали:

— Мы хотим кататься!

Папа купил два билета и Веру с Анфисой в тележку посадил. Ослик поехал.

Только Анфиса в тележке сидит, а сама лапой за папу держится, тянет, не отпускает. Пришлось папе ря-

дом с тележкой бежать, потому что Анфиса очень сильной была.

Круг пробежали, второй. Папа сдавать начал. Осликовый ямщик говорит папе:

— Мой ослик десять кругов делает. Вы не вытянете. Давайте уж садитесь с детьми.

Он ослика попридержал, и папа в тележку забрался.

— Я своему ослику за это лишнего сена дам, — сказал ямщик. — Потому что вы очень тяжёлый.

Когда десять кругов закончились, папа слез и пошёл ослику пирожок с капустой покупать. Он стал ослика угощать:

— Ешь, скотинка маленькая.

Ослик стал есть, но рук у него не было, и он половинку пирожка уронил. Папа стал пирожок поднимать. А пока папа пирожок поднимал, ослик половину папиной шляпы съел. Вместо шляпы кепка получилась.

— А теперь, — говорит папа, — пошли к слонам. Там народу меньше стало.

Пошли к слонам. Слоны были большие и тяжёлые. Они брюкву ели. Тут Анфиса как слезет с папы, как перемахнёт через загородку. Как схватит брюквину — и назад.

— Ну и что? — спрашивает папа. — Что ты с брюквой теперь делать будешь?

Анфиса знает, что с этой брюквой делать. Она брюкву держит, как ма-

лыша, и укачивает. Потому что эта брюква была на мордастенькую девочку похожа, в зелёном платье.

Еле-еле эту брюкву у Анфисы отобрали и слонам бросили.

И тогда папа сказал:

— Ну всё, с меня этой экскурсии хватит. Отправляемся домой. Вот только мороженого поедим.

Вера сама стала есть мороженое, а Анфиса своё мороженое ослику отнесла. Который папину шляпу съел. И он съел это мороженое вместе с палочкой.

— Всё, — говорит папа, — пошли к выходу.

На выходе строгая вахтёрша стояла. Она всех из зоопарка выпускала, а про Анфису сказала:

— Вы эту обезьянку на место отнесите, где взяли.

Папа отвечает:

— Мы и несём её на место. Мы её дома взяли.

Но вахтёрша спорит:

— Руки вверх!

У неё, правда, пистолета не было. Но кобура была. Она этой кобурой в папу и прицелилась. А потом как засвистит в свисток.

Тут сразу директор зоопарка пришёл — господин Сосновский К.Ч. Он строго сказал:

— Это не наша обезьянка. Я всех своих хорошо в лицо знаю. Пропу-

ВЫХОД

стите это создание. Этот гражданин на ней, наверное, зарабатывает, он фотограф. Пусть домой идёт.

«Хорошая мысль, — подумал папа. — Сейчас времена трудные, любой лишний заработок не помешает».

В этот раз в автобусе папа билет на Анфиску взял. Но она снова отличилась. Она билет съела. Тут контролёр возник:

— Ага. Опять без билета едете. Платите деньги.

— Но у нас был билет, — говорит папа. — Только мы его съели.

— Съели там или не съели, всё равно платите, — говорит контролёр. — Нам с каждого штрафа премия идёт.

— А вы настоящий контролёр или липовый? — спрашивает папа. — Сейчас много контролёров ненастоящих бывает.

— Ещё какой настоящий, — отвечает контролёр. — У меня даже книжечка есть.

И он папе книжечку показал:

Контролёр А. П. Иванов, настоящий

Пришлось платить.

А когда домой пришли, смотрят, а у Анфисы в руках новая книжечка контролёрская.

— Анфиса, откуда это?

Анфиса к окну подошла и в окно на троллейбус пальчиком показала.

С тех пор, если Вера и Анфиса во что-нибудь играли, в магазин, например, или в электричку, Анфиса всегда контролёром была. Она книжечку из кармана доставала и облизывала.

КАК ВЕРИН ПАПА С АНФИСОЙ ПОДРАБАТЫВАЛ

С тех пор как директор зоопарка сказал, что папа фотограф и что он на Анфисе зарабатывает, прошло совсем немного времени, а папа уже созрел.

«А чего, времена сейчас трудные, времени у меня свободного много, куплю фотоаппарат и буду детей с обезьянкой фотографировать. Одна фотография — сто рублей. За день я две учительских зарплаты нафотографирую».

Мама Наталья Алексеевна говорит:

— А если тебя твои ученики увидят?

— А что я такого плохого делаю?

— Ничего плохого, но учитель и мелкий бизнес как-то не совмещаются.

— А вот мы посмотрим, — сказал папа. — А вдруг совмещается.

Он купил фотоаппарат, который моментальные снимки делает, штатив купил, плакат написал:

ФОТО С ОБЕЗЬЯНКОЙ —
ЛУЧШИЙ ПОДАРОК,
ПОДЧЁРКИВАЮЩИЙ
ВАШУ КРАСОТУ

и стал Анфису готовить.

Он нарядил Анфису в платьице, повязал ей на затылок бантик, и они пошли на набережную.

Папа стал прохаживаться с Анфисой на цепочке по набережной. Одна бабушка сердито сказала:

— Дожили! Уже детей на цепочке водят.

— Это не девочка. Это обезьянка, — объяснил папа.

— А то я не вижу, — спорит бабушка, — она же в платьице и с бантиком.

— И всё же это обезьянка, — говорит папа. — Я вас даже могу с ней сфотографировать, чтобы вы дома её как следует рассмотрели.

— Ой, — согласилась бабушка, — сфотографируйте меня. Мне на паспорт нужно. А обезьянку я отрежу.

Папа дал обезьянку бабушке и сфотографировал их вместе. А бабушка всё от Анфиски отклонялась. Чтобы её легче было отрезать.

— Вот вам фотография, — говорит папа. — С вас сто рублей.

— А у меня нет, — говорит бабушка. — Я же не в фотографию шла.

Папа подумал, подумал и вручил фотографию бабушке:

— Держите её на память обо мне. А у меня первый блин комом.

Папа ошибался, у него и другие блины пошли комом. Появился целый класс детей:

— Ой, дядя, сфотографируйте и нас.

— У меня столько и бумаги нет.

— А вы нас всех вместе сфотографируйте с обезьянкой посредине.

— А у вас деньги есть? — спросил папа.

Тут паспортная бабушка вернулась:

— Как вам не стыдно с детей деньги спрашивать?

— Но это же мой заработок, — спорит папа.

Вдруг из гущи детей милиционер возник:

— Какой такой заработок? Частный промысел на моей территории? Надо платить штраф и покупать патент.

— Как же я буду покупать патент, если я ничего ещё не заработал? — говорит папа.

Милиционер задумался. Была какая-то правда в словах папы. Хотя и неправильная.

— Ладно, — сказал он. — Сфотографируйте меня с обезьянкой. Я дочке покажу.

— А вы меня не арестуете? — спросил папа.

— Нет, — говорит милиционер. — Я вам даже деньги заплачу за фото. Я сегодня много штрафов насобирал.

КАК ВЕРА И АНФИСА В КИНО ПРО АФРИКУ ХОДИЛИ

Однажды Вера говорит:

— Папа, пойдём в кино.

— В какое кино?

— Ну, в такое, где кино на простыне показывают.

— А разве такое кино не перевелось? — спрашивает папа. — Я думал, его давно телевизор заменил.

Оказывается, такое кино не перевелось, а, наоборот, расцвело. Там теперь не только кино показывают, но и большие пакеты с кукурузными хлопьями дают.

Ну что ж, папа начал в кино собираться.

— А про что, Вера, кино ты смотреть хочешь?

И вдруг Вера говорит:

— Про Африку.

— Может, про Буратино и золотой ключик? — предлагает папа.

— Нет. Про Африку.

— Может, про космических жуликов? Про девочку из будущего?

— Нет. Про Африку, — упирается Вера.

— Может, про Чебурашку? Новую серию.

— Нет. Про Африку.

— Почему?

— Там Анфисы живут.

Папа согласился.

— Ну, тогда придётся и Анфису с собой взять.

— Придётся, — соглашается Вера и вздыхает.

Потому, что брать Анфису в общественные места было рискованно — она по карманам лазила, чужие стаканы хватала.

Папа влез в Интернет, посмотрел, какие фильмы есть про Африку, и выбрал «Путешествие к водопаду Виктория».

— Вера и Анфиса, на выход, — приказал папа.

— А мы? — спросили бабушка и мама.

— А вы дома побудете, — сказал папа. — Отдохнёте, почитаете что-нибудь. А то мы все без обеда останемся.

Бабушка и мама кисло согласились.

Этот фильм шёл в очень большом кинотеатре с огромным экраном на шесть этажей. Там зрителям выдавали специальные очки, которые всё увеличивали и приближали. И у зрителей создавалось впечатление, что они живут в этой самой Африке.

Папа взял Вере большой бумажный стакан с попкорном и лимонад, а Анфисе купил мороженое в пакетике. И они сели в зрительном зале.

С Верой всё было в порядке, она попкорн трескала и лимонадом запивала. С Анфиской сложнее пришлось, она всё пыталась папу мороженым угостить. Она ему мороженое в нос тыкала.

В конце концов папа взял её лапу в свои руки и стал её её же рукой кормить.

Но вот фильм начался.

Сначала зрители «ехали» на машине по саванне. Они иногда останавливались, чтобы посмотреть слонов и жирафов. И казалось, что слоны вот-вот войдут в зрительный зал.

А когда один жираф наклонил голову в сторону зрителей, он всей шеей буквально оказался в зале. Все

посетители отклонились в разные стороны, всем показалось, что жираф их сейчас укусит.

Вера закричала:

— Ой, он меня лизнул!

А Анфиска от испуга к папе под пиджак залезла и сильно прижалась. У него такая меховая жилетка получилась. Только иногда она голову к экрану поворачивала и снова пряталась. Из всего кино она больше всего папин галстук запомнила.

Диктор много чего интересного про Африку говорил. Он сказал, что в Африке много слонов.

Он сказал, что в Африке много жирафов.

Он сказал, что в Африке много леопардов.

Он сказал, что в Африке много буйволов.

Он сказал, что в Африке много антилоп. Причём есть простые антилопы, а есть гнутые.

Тут на экране появились обезьянки. Про них диктор ничего не сказал, наверное, они у него микрофон украли.

Но про обезьянок и без диктора хорошо было смотреть. Они были весёлые и чистоплотные. Они друг у друга всё время блох искали.

Они с ветки на ветку прыгали, как Анфиска дома со шторы на штору. И на ветках качались с криком, как Анфиска дома на люстре.

Маленькие обезьянки на мамах висели, как Анфиска на папе, хотя у них галстуков не было.

Тут Анфиска от папы отлипла и в «джунгли» побежала к своим. Бежала, бежала и в экран уткнулась.

Она по экрану вверх поцарапалась, и все закричали:

— Ой, одна обезьянка из джунглей выпала!

А на экране стали водопад Виктория показывать. Вода так и полилась со страшной силой сверху вниз. Анфису сразу с экрана на пол смыло. Тут папа её и поймал. Он её быстро под пиджак засунул, как жилетку, и они с Верой быстренько ушли.

Дома мама и бабушка у Веры спрашивали:

— Что, девочка, ты интересного про Африку узнала?

И Вера с гордостью отвечала:

— Что в Африке много жирафов.

— Что в Африке много леопардов.

— Что в Африке много буйволов.

— Что в Африке много антилоп. Причём есть простые антилопы, а есть антилопы гнутые.

— Очень содержательный фильм, — сказали мама с бабушкой. — Надо будет обязательно сходить.

А папа с тех пор с Анфиской больше в кино не ходил. Хотя Анфиска очень многому в кино научилась. Она с тех пор у бабушки каждый вечер блох искала.

Вопросы

«Откуда Анфиса взялась». Кем работали папа и мама Веры? Как обезьянка попала в семью Веры? Чем бабушка накормила Анфису?

«Первый раз в детский сад». Как звали воспитательницу в детском саду? Вспомни, как Анфиса чистила зубы? А как она мешала воспитательнице играть на рояле? Какую песню пели ребята?

«Как Вера и Анфиса в поликлинику ходили». Зачем папа повёл Анфису в поликлинику? Куда Анфиса спрятала вещи, которые стащила у врачей? Что Анфиса забрала с собой из поликлиники?

«Вера и Анфиса заблудились». Что бабушка поручила купить Вере и Анфисе? Куда Вера привязала Анфису за плохое поведение и к чему это привело? Кто помог Вере и Анфисе найти свой дом? А ты знаешь свой адрес?

«Как Вера и Анфиса макулатуру собирали». Какое задание поручили Вере и Анфисе семиклассники? Почему школьники изучали автодело только по плакатам?

«Как Вера и Анфиса в зоопарк ходили». Каких животных папа, Вера и Анфиса видели в зоопарке? Что случилось, когда папа, Вера и Анфиса уходили из зоопарка? Почему вахтёрша не выпускала Анфису из зоопарка? За кого принял папу директор зоопарка?

«Как Верин папа с Анфиской подрабатывал». С кем папа сделал первый снимок? А последний?

«Как Вера и Анфиса в кино ходили про Африку». Как называлось кино, на которое пошли папа, Вера и Анфиса? Что интересного узнала Вера про Африку?

СОДЕРЖАНИЕ

ПЕРВЫЕ ИСТОРИИ

НОВЫЕ ИСТОРИИ

УДК 372.3/.4
ББК 74.102
У77

Серия «Любимые странички»
Издание развивающего обучения
Для дошкольного возраста

Эдуард Николаевич Успенский

ПРО ДЕВОЧКУ ВЕРУ И ОБЕЗЬЯНКУ АНФИСУ

Сказочные истории

Художник Г. Соколов

Дизайн обложки Ю. Снурницыной
Редактор *Н. Гусарова*. Художественный редактор *М. Стародубцев*
Технический редактор *Е. Кудиярова*. Корректор *Р. Низяева*
Компьютерная вёрстка *Н. Соколов*

Общероссийский классификатор продукции
ОК-034-2014 (КПЕС 2008); 58.11.1 - книги, брошюры печатные

Подписано в печать 13.12.2019 г. Формат 60x84/16. Печать офсетная. Бумага офсетная
Усл. п. л. 9,3. Тираж 3000 экз. Заказ № 44129.

Произведено в Российской Федерации. Дата изготовления: январь 2020 г. ТР ТС 007/2011

Изготовитель: ООО «Издательство АСТ»
129085, Российская Федерация, г. Москва,
Звёздный бульвар, дом 21, строение 1, комната 705, пом. I, 7 этаж.
Наш электронный адрес: malysh@ast.ru Home page: www.ast.ru

Адрес места осуществления деятельности по изготовлению продукции:
123112, Москва, Пресненская наб., д. 6, стр. 2, Деловой комплекс «Империя», 14,15 этаж

«Баспа Аста» деген ООО
129085, Мәскеу қ., Звёздный бульвары, 21-үй, 1-құрылыс, 705-бөлме, I жай, 7-қабат.
Біздің электрондық мекенжаймыз : www.ast.ru E-mail: malysh@ast.ru
Интернет-магазин: www.book24.kz Интернет-дүкен: www.book24.kz

Импортер в Республику Казахстан и Представитель по приему претензий в
Республике Казахстан - ТОО РДЦ Алматы, г. Алматы.

Қазақстан Республикасына импорттаушы және Қазақстан Республикасында
наразылықтарды қабылдау бойынша өкіл – «РДЦ-Алматы» ЖШС, Алматы қ.,
Домбровский көш., 3«а», Б литері, офис 1. Тел.: 8(727) 2 51 59 90,91,
факс: 8 (727) 251 59 92 ішкі 107; E-mail: RDC-Almaty@eksmo.kz , www.book24.kz
Тауар белгісі: «АСТ» Өндірілген жылы: 2020
Өнімнің жарамдылық мерзімі шектелмеген. Сертификация қарастырылған

Отпечатано в соответствии с качеством предоставленных издательством
электронных носителей в АО «Саратовский полиграфкомбинат».
410004, Россия, г. Саратов, ул. Чернышевского, 59. www.sarpk.ru

Успенский, Эдуард Николаевич.
У77 Про девочку Веру и обезьянку Анфису / Эдуард Успенский; ил. Г. Соколова: Издательство АСТ, 2020. — 126, [2] с.: ил. — (Любимые странички).

ISBN 978-5-17-120800-4.

Весёлые приключения девочки Веры и её питомицы и подружки — обезьяны Анфисы, понравятся всем девочкам и мальчикам! Столько хулиганских проделок и смешных ситуаций вы ещё не видели! Но развлекаться нужно с пользой, поэтому в конце книжки весёлых читателей ждут интересные вопросы. Они помогут проверить, как ребята усвоили текст, а ещё разовьют речь, внимательность и фантазию будущих отличников!

Для дошкольного возраста.

УДК 372.3/.4
ББК 74.102